能管

Noukan

岡田眞利子句集

ふらんす堂

鑑賞　三句

鷹羽狩行

地球儀の地軸かたぶけ煤払ひ

新年を迎えるための煤払い。ていねいに子供部屋の地球儀の埃を払った。「地球儀の地軸かたぶけ」が面白いのは、本物の地球の地軸をかたぶけるなどということはありえないからだ。

『新狩俳句鑑賞』（梅里書房）

竹馬の真つ正面のほかは見ず

冬休み、祖父か誰かに作ってもらった竹馬に初めて挑戦。何度も挑んでいるうちにやっと乗れるようになった。とはいえ、油断するとバランスをくずしてしまいそうに。まだ下を向いたり横を見たりする余裕のないことがわかる。

「狩」〈秀句佳句〉（平成十八年二月号）

春宵の水のゆらぎに灯の揺るる

「春宵」は、〝価千金〟というロマンチックな雰囲気と、何かけだるいような情緒もはらんでいる季語である。水に映る「灯」は〝赤い灯青い灯〟だろうか。一日の仕事が終わって、夜の歓楽がはじまる前の浮き立つような気分がよく出ている。

「狩」〈秀句佳句〉（平成十九年七月号）

序

岡田眞利子さんは長年「狩」で活躍されてきた方で、俳歴は長い。「狩」の終刊後は「香雨」の同人として、地元の福山支部などの指導者として結社を支えてくださっている。

このたび、これまでの作品をまとめられることになり、多くの発表句から厳選したのが『能管』である。「狩」において熱心に学ばれたことは、つぎのような作品を見れば分かるだろう。

凍鶴の己が影より逃げられず
月光に身を震はせて蟬生る
姫の名の新酒に不覚とりにけり

寒垢離の桶を大きく使ひけり
空蟬の金剛力の爪の先
末黒野に新しき闇来てゐたる
春水のふくらみ切つて堰越ゆる

どれも一句の焦点が明快で表現に緩みがなく、きわめて完成度が高い。さらに、句の姿の美しさを特長としてあげておきたい。二句目の蟬の羽化を詠んだ作品は、その場面を見たことがある人なら、命の神秘にあらためて感動するだろう。「末黒野」の句は、黒一色の世界において「新しき闇」が発見である。

包帯のすつぽり抜けて夏はじめ
鉛筆の芯とがらせて大暑かな
鍋のもの音たて始め雁渡し
鶏小屋の粗き金網日脚伸ぶ
庖丁を研ぎて卯の花腐しかな

待春や嘴を合はせて籠の鳥

ここに挙げた作品は、季語に注目したい。季語以外の部分は、いってみれば季節とかかわりなく常に起きうることであり、遭遇することである。こうしたフレーズを用いて作品にするのは簡単なようでいて失敗しやすい。作品としてまとまるかどうかは季語しだいなのである。その点、岡田さんが選び抜いて配した季語は見事である。

扉開け放たれ入学試験果つ
ストーブや生徒に聞かせられぬこと
採点の赤ペン走るヒヤシンス

教職に就いていた岡田さんらしい作品である。入学試験が終わった直後の会場風景というのが新鮮。現場を知らないひとにはできない句であり、面白く読んだ。つぎの句の「生徒に聞かせられぬこと」には思わず笑ってしまった。職員室風景だろうか。教師だけのお喋りが盛り上がっているようで、同業者なら覚えがあるに違いない。三句目は、ヒヤシンスが学校らしさを感じさせる。

岡田さんが教師だったと聞いて納得したことがある。もちろん性格にもよるだろうが、じつに几帳面な方なのだ。毎月の「香雨」の投句の文字は丁寧でまことに美しい。誤字や当て字、文法の間違いもまずない。一句一句推敲を重ねた作品であることがよく分かる。さらに作品を見てみたい。

　　虚子すこし好きになりたる虚子忌かな

楽しい句である。虚子が嫌いというひとは結構いる。俳句はともかく、人間虚子が嫌いなのかもしれないが、少し好きになれたというのだ。虚子忌の句としては大胆でなかなかユニークだと思う。

　　マロニエの花口笛の口乾く

かなり思い切った取合せである。素材だけでなく、表現上の二物衝撃の面白さが印象的だ。マロニエの花と口笛の口がどう結びつくか、これは感覚的な取合せと考えるべきだと思うが、本句集では異色の感がある。

愚直さの海鼠に勝るものの無し

酒の肴などに海鼠を好むひとはいるだろうが、どう見てもグロテスクとしか言いようがない生き物である。それを作者は「愚直」と断定した。そういわれると、単なる物体ではなく、生き物としての存在が浮かび上がってくる。俳味があり、親しみも感じられそうだ。

這ひ這ひの子を引き戻す雛の前

赤ちゃんの姿が目に浮かぶ。這い這いができるようになった子どもは、驚くべき速さで目当てのものに向かって進んで行く。はがすように引き戻さないと大変なことになるが、懲りずにまた突進するのである。雛壇の前とあっては、何が何でもと頑張る赤ちゃんを何度も引き戻すことになるだろう。「引き戻す」という表現がリアルで効果的。

敷けばすぐ花びらの乗り花筵

美しい作品である。敷かれて時間が経っている花筵ではなく、今敷いたばかりという新鮮さがある。そこに花が散りかかっているのだ。そろそろ盛りを過ぎ、桜の美しさが絶頂を迎えている下でのお花見風景を描いた。

星すでに打ち揃ひたる踊かな

この句は「打ち揃ひ」の一語が効いている。星のことだけなら「出そろひ」とするのが自然だが、踊の夜というので「打ち揃ひ」となったわけである。踊に繰り出す人々が、今か今かと出番を待っている。町ごとに「連」を作って辻々を練っていくような踊かもしれない。踊り出すにはまだ早いようだが、「星すでに」でだいぶ暗くなってきたことが分かる。

しぐるるや懐紙にくづれ黄身しぐれ

茶席のひとこまだろうか。淡い黄色と懐紙の色彩の取合せが上品な美しさを醸し出しているが、「しぐるるや」と「黄身しぐれ」のひびきの呼応がさらに美しい。本物の「時雨」と、黄身しぐれの比喩の「しぐれ」がじつにうまく収まっていて目を見張るばかりである。

寒禽の光こぼしてひるがへる

若鮎の光となりて堰越ゆる

フリージア朝の光の真つ直ぐに

岡田さんの作品には光を詠み込んだものや、明るいイメージのものが多い。無意識のうちにそうしたものへの希求があるに違いない。それが作風にもなっている。恵まれた感覚を活かし、ご自身の世界をさらに深めていただきたい。

二〇二三年七月

片山由美子

能管＊目次

句集　能管

第一章

二〇〇三年～二〇〇七年

暗きより薪継ぐひと薪能

春宵の水のゆらぎに灯の揺るる

目つむれば昨夜の桜のまた吹雪く

山吹や髪結ひくれし祖母のこと

いつの間にか離ればなれや汐干狩

振り向けばついて来てゐる蝮蛇草

包帯のすつぽり抜けて夏はじめ

降ろされて子にまとひつく鯉幟

むずがゆきときもあるらむ袋角

ががんぼの大きく揺れて止まりけり

蛍火の円舞のあとの大乱舞

鵜篝の闇ふくらませ下り来る

ずぶ濡れの鵜匠の放つ火の匂ひ

鉛筆の芯とがらせて大暑かな

炎帝の怒りに触れぬやう歩く

見えぬものの見てゐるやうに蟬の殼

水飲むに首まで濡らし羽抜鶏

佞武多絵の武者の眼光受けて立つ

将門の起ちし国原鬼やんま

水はじき光をはじき黒葡萄

踊らねば若衆にあらず踊るなり

踊子のひらりと抱かれ輪を出でぬ

退るときぐいと砂嚙む踊下駄

火祭を煽る太鼓のとどろけり

火祭の荒勢子よろけ火のよろけ

火祭の火の粉に磴を逃げまどふ

火祭の果てていづこも水びたし

鍋のものの音たて始め雁渡し

月光や螺鈿の蝶のふはと浮き

鷹匠の放てば光となりて鷹

雪来るか鶴は眼を凝らしをり

凍鶴の嘴上ぐるたび水こぼす

凍鶴の己が影より逃げられず

鶴の墓に触れむばかりや冬の梅

雪原の夕日とどむるすべもなし
寒禽の光こぼしてひるがへる

恐きものまだまだありて鎌鼬

地球儀の地軸かたぶけ煤払ひ

初声に闇やはらかくなりゆけり

竹馬の真つ正面のほかは見ず

第二章

二〇〇八年～二〇一〇年

梅林を抜けきて髪のしめりをり

涅槃図を見たる夜の夢騒がしき

引鶴にしばらく天の斜めなる

春一番尻を押されて糶の牛

扉開け放たれ入学試験果つ

アルバムの剝がされしあと昭和の日

春宵のまだ帰らざる父の客

塩壺の縁の結晶梅雨あがる

月光に身を震はせて蟬生る

陶枕のぬくもり来たる目覚めかな

父呼べば涼しき風の立ちにけり

高々と抱かれて山車へ祭稚児

恐ろしきことをさらりと夏芝居

起し絵の死出の旅てふ二人かな

浅草の風つれて来ぬ風鈴売

旅の夜の目覚めいくたび青葉木菟

滝行のもはや生身と思はれず
滴りの次のふくらみ見えて来ぬ

骨どこか折れてゐるらし渋団扇

羽繕ひするたびに抜け羽抜鳥

ががんぼのはらりと一肢落としけり

新涼や一気にひろげたる卓布

爪立ちて出すあれこれや盆用意

緋の蹴出し割つて踊のはじまれり

鳥籠に小鳥八月十五日

雁渡し息つめて裁つ絹の布

煙茸つつきたる夜の眠きこと

鮎落ちて水のいつしか平らなる

猟犬の腹波打たせ檻に伏す

一発の猟銃音に山緊まる

猪撃たる総身の毛を逆立てて
どさと置く猪をこぼるる血潮かな

猪鍋に働かざるが加はりぬ

雪ばんば旧知のごとく寄り来る

凍蝶のゆつくり合はす翅と翅

寒行の踏みしめてゆく荒筵

ぼろ市のオペラグラスを覗きけり

第三章

二〇一一年～二〇一三年

薄氷のひと日放さぬ鳥の羽根

涅槃図の声百畳に放たれぬ

遠目には宴のごとし涅槃絵図

教室の壁に倒立卒業す

花の精出でよとばかり花篝

花篝花に煽られゐたりけり

虚子すこし好きになりたる虚子忌かな

山彦のゆつくり返る春の山

虎杖を見れば手折らずにはをれず

すぐ前を大き鳥ゆく磯遊び

闘鶏の宙に羽毛の止まれり

溺るるがごとき羽搏き巣立鳥

鶏小屋の藁を敷き替へ柿若葉

マロニエの花口笛の口乾く

みんみんの木のふくらみて来りけり

四方から手が出て卓のさくらんぼ

強力が禰宜負うて来ぬ山開き

小面を掛けたる柱ほととぎす

額の字の飛竜のごとし夏座敷

羅の乱れなき襟また正す

鶏の羽搏き止まぬ暑さかな

月光にががんぼ桟を踏み外す

肩越しに父の声飛ぶ金魚掬ひ

袂すぐ濡らして金魚掬ひの子

道行の女振り向く立版古

白南風や港に古き理髪店

孑孓の力抜くことなかりけり

草市の果てかばかりの地べたかな

合掌の影の重なり流灯会

青空に近く住みをり蕎麦の花

色鳥や母の白髪切り揃へ

月代に竹の百幹しづもれり

火祭の勢子は手負ひの獣めく

姫の名の新酒に不覚とりにけり

筆洗の水替へに立つちちろの夜

尾の先の心許なげ穴惑

新蕎麦や足元に置く旅鞄

しぐれ追ふ旅となりけり湖西線

平城京あと木枯のほしいまま
角巻の包み残せる瞳かな

奥の間の炬燵の見えて古本屋
ストーブや生徒に聞かせられぬこと

着ぶくれの耳を大きくしてをりぬ

愚直さの海鼠に勝るものの無し

丹頂の凍に抗ふ一声か

猟人とすれ違ふときき目をそらし

冬深し端めくれたる火伏せ札

溝の蓋がたと師走の夜を帰る

木場の木を押し上ぐる潮初明り

まじなひの息吹きかけて喧嘩独楽

寒垢離の桶を大きく使ひけり

鶏小屋の粗き金網日脚伸ぶ

第四章

二〇一四年〜二〇一五年

夜通しの雨となりけり不器男の忌

啓蟄や屑籠に反古立ち上がり

初恋にどこか似てゐて春の風邪

這ひ這ひの子を引き戻す雛の前

桜湯の開くを待ちて切り出しぬ

海光に触れ反転のつばくらめ

葉桜や余白なきまで母の文

庖丁を研ぎて卯の花腐しかな

棹挿すも抜くもゆつくり蓮見舟

船頭の棹の押しやる浮巣かな

鉾の稚児つばさのごとく袖振りて

山鉾の小さきは小さく辻回し

鉾の月天上の月相照らす

笹の葉に塩ひとつまみ冷し酒

空蟬の金剛力の爪の先

火蛾の舞ふ外灯古び写真館

角切の縄の一投あやまたず

塩舐めてまた火祭の火を担ぐ

白萩や式部の間てふ小暗がり

忽然と一人が消えて茸狩

朱雀門色なき風の通りけり

たちまちに風音となる蘆火かな

額の汗噴くにまかせて薬喰

白息を太くからませ袋羅

梟の鳴くたび闇の深まりぬ

煤逃のつもりか釣竿磨きをり

松籟を呼ぶ御降となりにけり

富士仰ぐ所作いくたびも舞始

良き音に糸を弾きて縫始

降る雪や隠し部屋もつ京町屋

どんど果つ藻塩焼きたる浜焦がし

鍛練の鉄をなだめて寒の水

待春や嘴を合はせて籠の鳥

第五章

二〇一六年～二〇一七年

末黒野に新しき闇来てゐたる
椰子の実の流れつく浜鳥雲に

春水のふくらみ切つて堰越ゆる

また一羽ふはと舞ひ降り春の土

開帳の御仏になほ厨子の闇

三姉妹で使ふ姿見花衣

花曇伏して押さふる琴の弦
千年は疾しと亀の鳴きにけり

工房の陶土をまじへ燕の巣

春風を入れ綿菓子のうすす紅に

若鮎の光となりて堰越ゆる

鈴懸の風の中ゆく立夏かな

命毛の先まで力夏来る

太陽をはじく白靴下ろしけり

セザンヌ展出で葉桜の風の中
涼しさや船縁に寄る稚魚の影

荒鵜ぐいと引き戻さるる手縄かな

疲れ鵜に篝火のまた焼べ足され

鱧食べてきて饒舌となりにけり

暑き日やうすく口開け籠の鳥

抱き上げて尻の冷たき裸の子

みどり児の指に力や雲の峰

もう濡るるところなくなり水鉄砲

手花火の終の火の玉ちぎれ落つ

浜木綿や髪しぼりつつ海出づる

捨て網の砂に埋もるる大暑かな

かはほりや川の向うはネオン街

近松の掛かる劇場蚊喰鳥

一水のさまに夏帯解かれたる

白縮父の一徹受けつぎて

針一本畳にさがす残暑かな

格子戸の向う過ぎゆく踊笠

襟足の暮れ残りたる踊かな

敗戦忌塩味利かせ握り飯

胸元のふくらみはじめ菊の姫

菊人形悲運の将に贅つくし

角切の鹿立ち上がり胴ぶるひ

火祭の果てて襤褸のごとき勢子

葦原をゆく一水の光あり

しばらくは墨磨る音と虫の音と

蟋蟀や土間に埋けたる酒の甕

屋根ぐいと摑む地下足袋松手入

松手入だんだん音の軽くなり

五羽十羽はや椋鳥の木となりぬ

雁渡る天窓高き製糸場

秋風の馬上に背すぢ正しけり

闇汁の闇のかたまり掬ひけり

咳き込みて五臓六腑の裏返る

火事跡の何も映さぬ水溜り

火の山の火を封じ込め今朝の雪

煤逃の行く当てあると思はれず

オルゴール忽と止みたる雪催

富士山につづく名峰新暦

初芝居乗り出すたびに帯きしみ

勝独楽の勢そのまま手に掬ふ

衣擦れの松籟に似て初点前

福笹にあれもこれもと福の物

一打まづ天へ響かせ斧始

寒柝の一打一打に闇緊まる

第六章

二〇一八年〜二〇一九年

洛中の屋根の重なり牡丹雪

手鏡の裏のくれなゐ春の雪

うすらひの和毛乗せたるまま流れ
にはとりの昼の長鳴き水温む

引鶴に天は紺青もて応ふ

畑焼くや大和三山引き寄せて

夕闇のゆるゆる迫る畦火かな

敷けばすぐ花びらの乗り花筵

よその子をあやすなどして花筵

花びらの帯よりこぼれ花疲れ

花疲小鉤はづすに手間取りて
手習ひは後朝のうた春の雨

鶏のと見かう見して春の土

菜の花や日を撥ね返す伸子張り

採点の赤ペン走るヒヤシンス

蓋を取るやうに葉つぱを椿餅

遺跡埋め戻されし野や揚雲雀

草笛の渡りゆく野の起伏かな

囀や針箱はクッキーの罐

町角の闇より子猫掬ひあぐ

寄り添ふといふことのなし残る鴨

さざ波は忘れ潮にも夏来る

北山の雨脚青き夏はじめ
闘牛の押されて腹の波打てる

家船の屋根を尾が打つ鯉幟

蛍火や中洲は闇の濃きところ

まばたきの間にも増えゐて蛍の火

鵜縄いま扇開きとなりにけり

鵜篝の燠が河原の石焦がす

万緑や今攻め焚きの登り窯

一団を離れ歩荷の汗ぬぐふ

百頭の牛うづくまる大暑かな

鶏冠の赤のしたたる日の盛

日盛や鴉が嘴のもの零し

神輿舁く肩の瘤へも酒を吹き

夏の夜の炎あやつり大道芸

金魚玉コンビナートの揺らがぬ灯

蛇渡る水にゆらぎのなかりけり

秋潮やすべるがごとく新造船

台風の目に入りしんと飯を食ぶ

星すでに打ち揃ひたる踊かな

残る蚊の睫毛にふれて行きにけり

抱へ来てそのまま甕へ曼珠沙華

水筒の磁石ひらひら鳥渡る

白鳥の胸かがやかせ争へり

倒木にからむ羽毛や猟期来る

買ふ気あるごとくに羽織りたる毛皮

綿虫や彫師摺師の名は知らず

生者より死者の親しき日向ぼこ

大寒の川に一本杭の立ち

象の目の皺に埋もれて春隣

第七章

二〇二〇年～二〇二二年

にはとりも時には飛んで春の風

鳥雲に減りては増えて木場の材

フリージア朝の光の真つ直ぐに
春ショール額明るく走り来ぬ

涅槃図や声なきものは身を捩り

古本に誰の書込み鳥雲に

引売りの小魚の跳ね朝桜

船板で囲む島畑花大根

恋猫の声に耳立て膝の猫

恋猫の一夜に顎の尖りけり

孕鹿汀にひづめ濡らしけり

鳥の声いつしか止みて春の雨

春風の中より双子のベビーカー

初夏や白布を進む裁ち鋏

野生馬へ初夏の波立ち上がる

水の香のほのかに虹の立ちにけり

河骨の一茎玉を掲げたる
ほととぎす湖北の秘仏見にゆかむ

老鶯や水迸るポンプ井戸

鏡に身よぢり浴衣の帯しむる

立葵並び凭るることのなし

噴水にしろがねの芯ありにけり

日盛や奈落の白き石切場

休むとて岩に倚るのみ登山帽

吹き上ぐる風にふるへてちんぐるま
振り返るたび雪渓の白さ増す

夕焼へ吸ひ込まれゆく湖西線

少年の肘の尖りて祭笛

白南風や砂を転がる紙コップ

空蟬を箒に掛けてしまひけり

寺町の角にスナック夏の月

水匂ふごとき立ち居やうすごろも

放らむとすれど離れず金亀子

風吹けば衣擦れめきて蛇の殻

はつあきや魚の飴煮の糸を引き

八月の巨樹の抱ふる虚ろかな

新涼やしなりの強き竹箒

窯跡のかけら骨片めきて秋

盆過ぎの風に煮炊きの火のゆらぎ

船板塀反り返りたる厄日かな

雲間より雲間へ走り今日の月

能管の雲を払へる良夜かな

影を濃く淡く秋草揺れ交はし

白雲の山を下り来る花野かな

秋晴や茶筒の蓋のぽんと開き

機嫌よく母めざめたる秋桜

桔梗や母の勝気の老いてなほ

栗剝くや親指のよく働いて

ヒマラヤの塩の薄紅鳥渡る

鳥渡る谷底見えぬ石切場

燕去ぬ光となりて遠き川

文机に秋思の指を組み直す

人形の壁に凭れて冬隣

しぐるるや懐紙にくづれ黄身しぐれ

湖は大き日溜まり返り花

唐紙の花鳥づくしや冬座敷

絨毯の薔薇に沈みてハイヒール

手袋の這ひ出しさうに卓の上

冬木立ひづめの音の近づき来

枯野より口笛に風切つて犬

枯蓮の固まつてゐる暗き水

頤のいよよ尖りて枯蟷螂

舞初の扇遥かなものを指し

筆かるく噛みてほぐせる二日かな

初鼓袂大きく広げたる

紙漉くや槽の日差しのつと逃げて

白鳥の羽搏てば朝日しぶきけり

水仙のまはり空気の透きとほり

泥煙立て寒鯉の向きを変へ

凍蝶のつかの間覚めて翅広ぐ

凍鶴の日差しにゆると脚換ふる

畢

あとがき

『能管』は二〇〇三年より二〇二二年までの作品から三四三句を収めた私の第一句集です。

俳句との縁は、橋本多佳子の激しく情熱迸る俳句に出会った時から始まりました。俳句でこんなことが詠めるのかと驚き、胸を熱くしたことが思い出されます。

その後、縁あって「狩」に入会し、鷹羽狩行先生の抒情的かつ理知的な俳句に出会いました。狩行先生には、俳句の根幹、俳句の精神を教えて頂きました。そして「香雨」片山由美子先生には、何気ない日常の生活の中から詩を紡ぐこと、日常の事を詩に昇華するということを教えて頂きました。

俳句の潔い詩型は、私を捉えて放しません。書き留めなければ忽ち遥か彼方へ飛び去り、二度とは帰って来ないかけがえのない人生の一瞬一瞬を、これからもずっと俳句の形に止めて行きたいと思っています。

上梓するにあたり、鷹羽狩行先生には鑑賞を賜りました。片山由美子先生には選句の労を執って頂き、さらに身に余る序文を賜りました。望外の幸せでございます。両先生に厚く御礼申し上げます。

また、これまで私を支えてくださいました福山支部や県内外の句友の皆様に深く感謝致します。そして、いつも見守ってくれた家族に感謝するとともに、この句集を亡き父と病床の母に捧げます。

岡田眞利子

二〇二三年八月吉日

著者略歴

岡田眞利子（おかだ・まりこ）

1948年　広島県生まれ
2003年　「狩」入会
2008年　「狩」同人
2014年　第27回村上鬼城賞佳作
2019年　「狩」終刊により「香雨」入会
2023年　第36回村上鬼城賞正賞

現　在　「香雨」同人　俳人協会会員

現住所　〒720-0031
　　　　広島県福山市三吉町1-4-31

句集　能管　のうかん

二〇二三年九月三〇日　初版発行

著　者――岡田眞利子
発行人――山岡喜美子
発行所――ふらんす堂
〒182-0002　東京都調布市仙川町一―一五―三八―二F
電　話――〇三（三三二六）九〇六一　FAX〇三（三三二六）六九一九
ホームページ　http://furansudo.com/　E-mail　info@furansudo.com
振　替――〇〇一七〇―一―一八四一七三
装　幀――君嶋真理子
印刷所――日本ハイコム㈱
製本所――㈱松　岳　社
定　価――本体二八〇〇円＋税

ISBN978-4-7814-1589-5　C0092　¥2800E